Siggi Selector

Im Bett gelandet und wieder raus geflogen

Die Schöne war das Biest

Erotisches Rollenspiel mit bösem Ende

Siggi Selector

Impressum:

Buchtitel:

Die Schöne war das Biest

Erotisches Rollenspiel mit bösem Ende

Autor:

Siggi Selector © 2018

Titelfoto © (c) Alexvolot | Dreamstime.com

Das Foto wurde bearbeitet von Siggi Selector

Bibliografische Information der Deutschen Nationalbibliothek:
Die Deutsche Nationalbibliothek verzeichnet diese Publikation
in der Deutschen Nationalbibliografie; detaillierte bibliografische Daten sind im Internet über http://dnb.d-nb.de abrufbar.

Herstellung und Verlag:

BoD-Books on Demand, Norderstedt

ISBN: 9783752823912

Inhalt

Die Schöne war das Biest
Erotisches Rollenspiel mit bösem Ende.

Nach der Landung ist vor dem Rausflug.

Pickup Game oder: Der Aufriss

Isabel war eine Traumfrau Mitte Zwanzig und hatte den Fehler begangen, alleine an der Theke im Café-Bistro-Raum der großen Disco zu stehen. Dazu um eine Uhrzeit, zu der noch kaum jemand ausging und deshalb nur wenige Leute in der Disco waren. Somit hatte sie im Vergleich zu den wenigen schon anwesenden weiblichen Gästen absolut keine Konkurrenz. Sie war definitiv das hübscheste Mädchen in der großen, noch nicht vollen Discothek.

Ich war in ihrem Alter und hatte alle Flirttricks drauf und sah damals auch einigermaßen gut aus. Ich hatte volles, dunkles Haar, eine gute Figur, einen Job in der Werbebranche und ein Auto.

Weil ich mich nie verliebte, wenn ich ein hübsches Mädchen sah, konnte ich sie selbstsicher ansprechen. Schnell interessierten sich die Mädchen für mich, den coolen Typ, und ich verführte sie.

Als ich Isabel, diese Schönste aller Schönen sah, wusste ich, dass das Flirten schwer würde, aber ein Misserfolg wäre mir auch egal.

Also setzte ich mich neben sie. Sie erwartete bestimmt einen blöden Anmachspruch im Stil: Hallo, wer bist denn du, wie heißt du, was machst du so alleine schon so früh in der Disco, wo kommst du her, bist du öfters hier und wollen wir nicht ein bisschen tanzen oder was zusammen trinken?

Aber so was funktionierte nur unter Teenies ohne Erfahrung, aber bestimmt nicht mit diesem Rasseweib.

Diese hier war kein ahnungsloses Mädchen mehr, sondern sie war Mitte zwanzig. Sie hatte lange, schwarze Haare die interessant frisiert waren und in die sie einen Silberstreifen hineingefärbt hatte. Ihre Top-Figur war gehüllt in ein dezent ausgeschnittenes Sommerkleid, das zeigte ein bisschen von ihrem mittelgroßen, schönen Busen, auf den sie bestimmt stolz war, sonst würde sie nicht genau dieses Kleid tragen.

Außerdem war es super eng an ihrem Körper anliegend und war geschlitzt, damit man auch ihre schönen Beine sehen konnte, die in hohen Stöckelschuhen endeten. Alles in Allem sah man, dass sie Geld für ein tolles Outfit hatte. Zusätzlich war sie braungebrannt wie frisch aus dem Urlaub und war sich ihrer Ausstrahlung auf die Männer zu hundert Prozent bewusst.

Diese dummen Anmachsprüche von fantasielosen Männern hatte sie oft genug gehört und die hingen ihr zum Halse raus und alle Stümper langweilten sie. Dennoch ging sie in die Disco, in der Hoffnung endlich einen interessanten Typen kennen zu lernen.

Ich setzte mich erst mal neben sie, ohne sie anzusehen und ohne ein Wort zu ihr zu sagen und bestellte mir beim Barkeeper ein Mineralwasser. Dann schaute ich mich um, um zu prüfen, wer da zufällig neben mir saß und stellte fest, dass eben sie da saß.

Ich schaute ihr ins Gesicht ohne etwas zu sagen.

Sie sagte: „Nein."

Einfach so. Sie sagte die Antwort „Nein" noch bevor ich irgendeine Frage an sie gestellt hatte.

Genau wie ich sie eingeschätzt hatte, dachte ich.

„Das wollte ich gar nicht fragen", sagte ich.

„So? Na was denn?", fragte sie schnippisch.

„Ich wollte dich fragen, was du morgen Nachmittag machst", sagte ich in vollem Ernst und sah ihr direkt in die Augen.

„Das geht dich nichts an!", sagte sie kurz und knapp und versuchte meinem Blick auszuweichen.

„Verstehe", sagte ich. „Ich will auch nicht weiter fragen was du morgen Nachmittag vorhast, aber egal was du vor hast, ich hab einen besseren Vorschlag: Es ist so schönes Sommerwetter und du und ich, wir gehen zusammen Eis essen oder an den Badesee oder beides: Eis-Essen am See."

„Aha. Was Besseres fällt dir nicht ein?" provozierte sie mich.

„Zum Kennen lernen würde es zumindest mal ausreichen. Aber wie ich verstehe, verabredest du dich nicht mit einem fremden Mann den du nicht kennst."

„Genauso ist es", sagte sie.

Ohne etwas zu sagen nahm ich mein Glas, stand vom Barhocker auf, verließ sie und ging ein paar Meter in den Raum. Aber nur, um mich nach 3 Metern umzudrehen und wieder zu ihr zurückzukommen.

Ich stellte das Getränk an seinen Platz aber ich setzte mich nicht wieder hin. Stattdessen reichte ich ihr meine Hand zum Gruß und sagte:

„Hallo, darf ich mich vorstellen, ich heiße Siggi und würde dich gerne kennen lernen. Darf ich mich zu dir setzen?"

Sie hatte schon gedacht, dass sie mal wieder gewonnen hätte und der Typ aufgegeben hatte und war dermaßen überrascht über meinen zweiten Anmach-Angriff, dass sie eigentlich hätte lachen müssen über meine originelle Unverfrorenheit.

Aber sie beherrschte sich und ich konnte nur den kurzen Anflug eines leichten Lächelns um ihren Mundwinkel bemerken, dann hatte sie wieder ihren „Lass mich in Ruhe" Gesichtsausdruck und sagte:

„Und was ist, wenn ICH dich NICHT kennen lernen will?"

„Dann hast du keine Chance auf Eis-Essen am See mit mir, weil du dich mit fremden Männern ja nicht verabreden willst.

Jetzt konnte sie sich das Lachen nicht mehr verkneifen. Aber ganz die Dame lächelte sie nur kurz und tat gleich so, als hätte sie den Scherz schon gekannt.

„Machst du Frauen immer so an?" fragte sie mich.

Ihre Körpersprache signalisierte mir, dass sie schon viel bereitwilliger war, sich auf ein Gespräch mit mir einzulassen. Außerdem hatte sie mich tatsächlich etwas gefragt worauf ich antworten sollte und nicht irgendwas, das abweisend war wie alles andere, das sie vorher gesagt hatte.

„Nein, normalerweise mache ich Frauen nicht so an, aber wenn du willst, dann mache ich dich mal auf die Weise an, die du schon kennst und gewohnt bist, vielleicht hab ich dann mehr Chancen, dich kennen zu lernen?"

„Na, dann mach mal. Jetzt bin ich aber gespannt."

„Okay, meinetwegen. Ich muss jetzt noch mal weg. Aber brav sitzen bleiben! Bloß nicht weglaufen, ich bin gleich wieder da."

Das war ja spannend. Sie nickte erwartungsvoll und es machte ihr inzwischen sichtlich Freude, sich auf dieses Anmachspiel einzulassen.

Wieder drehte ich mich um, verließ sie und entfernte mich ein paar Schritte. Drehte mich um, kam zu ihr zurück.

Dann machte ich einen Buckel, zog wie ängstlich den Kopf ein und stammelte wie ein schüchterner Bub die folgenden Worte im ihr bekannten Dialekt:

„Äh, ntschuldigung. Du sitzt ja ganz alleine hier. Isch wollt nur mal froge, ob du vielleisch mol mit mir tanze tuhscht?"

Das war's dann. Ich hatte gesiegt. Sie brach in lautes Lachen aus und schlug sich dazu sogar noch auf die Oberschenkel und ich fiel in ihr Lachen ein und wir lachten gemeinsam, wie wir schon lange nicht gelacht hatten und konnten mit Lachen gar nicht mehr aufhören und sie saß auf dem Barhocker und schüttelte sich vor Lachen und ich stand vor ihr und brach fast zusammen vor Lachen.

Dann setzte ich mich ungefragt wieder auf den Barhocker neben sie und sah ihr zu, wie sie sich langsam wieder vom Lachen beruhigte.

Dann fragte ich: „Sagst du jetzt wieder NEIN?"

„Auf welche Frage?", fragte sie mich.

„Das musst du doch wissen, du hast damit angefangen Nein zu sagen auf Fragen, die ich noch gar nicht gestellt habe."

„Du bist echt gut.", sagte sie und gleich bereute sie wieder, was sie gesagt hatte und sagte nichts mehr.

„Okay. Also dann Eis essen, morgen Nachmittag?"

„Nein, ich kenne dich ja noch nicht und ich treffe mich nicht mit Männern, die ich nicht kenne."

„Fängt du schon wieder damit an?"

„Nein. Jetzt will ich dich nämlich kennen lernen. Komm, wir gehen Tanzen", sprach sie, stand auf und drückte mir einen Fünfziger Geldschein und einen Schlüssel in die Hand.

„Was ist das?"

„Mein Geld und mein Schlüssel. Ich hab keine Tasche im Kleid und eine Handtasche hab ich auch nicht mit. Du sollst es einstecken während wir tanzen."

Ich war baff und starrte auf das Kleid an ihrem schönen Körper. Tatsächlich. Es schmiegte sich hauteng um ihre Traumfigur und hatte keine Taschen. Auch stand auf der Theke keine Handtasche. Sie hatte mir ihr ganzes Barvermögen anvertraut und mich zum Tanzen aufgefordert. Wow.

Auf der Tanzfläche strahlte sie mich an wie eine Unscheinbare, die glücklich war, dass endlich mal ein Boy sie zum Tanzen aufgefordert hatte. Und jetzt tanzte ich mit dieser Traumfrau, die sich deshalb freute, dass sie endlich mal nicht von einem Grünschnabel, sondern von einem mutigen, fantasievollen Mann angesprochen worden war. Dass dieser Flirt nicht nur mit einem Blowjob auf dem Klo endete wie die Geschichte mit Elli kann man sich denken, oder?

(Elli? Siehe Buch Hasenjagd im Singlemarkt)

Gleich nach unserem Kennenlernen ging sie nicht mit, aber wir tauschten die Telefonnummern.

Rollenspiel am Baggersee

Am nächsten Tag rief ich sie an und wir verabredeten uns für ein Treffen am Badesee, in der Nähe vom „Häusel", wie die Frittenbude dort genannt wurde. Als ich dort ankam und mich ein wenig umschaute, da sah ich, dass sie schon da war.

Isabel lag bäuchlings auf ihrem Badetuch und war versunken in die Lektüre eines Buches. Ich legte mich auch auf den Bauch, genau vor sie. Sie merkte es, schaute kurz vom Buch hoch und noch bevor sie etwas sagen konnte, fragte ich sie:

„Bitte lies mir doch mal aus deinem Buch vor."

Sie lachte und sagte: „Nein. Warum sollte ich?"

„Damit ich weiß, was du liest und vielleicht können wir uns darüber unterhalten."

„Ich lese einen Vampir-Roman."

„Oha. So einer, wo die Vampire bös sind und mit Holzstäben durchs Herz getötet werden, oder einer von der Art, wo der Vampir sich in ein schönes Mädchen wie dich verliebt und sie verschont."

„Ein Liebesvampir-Roman natürlich."

„Typisch Frau", lästerte ich, „verkennen mal wieder die Realität. Vampire sind doch tot, die können doch gar nichts fühlen."

„Der in diesem Buch aber schon, das ist nur ein halber Vampir."

„Wenn er sie beißt, wird sie dann auch zu einem halben Vampir?"

„Soweit bin ich noch nicht, er hat sie noch nicht gebissen."

„Stell dir vor, Isabel, ich wäre auch ein Vampir. Stell dir vor, du liegst nicht auf dem Badetuch, sondern auf deinem Bett."

Ich stand auf, ging ein paar Schritte zurück und breitete die Arme auseinander wie ein Adler seine Flügel.

„Du hast das Schlafzimmerfenster aufgelassen und ich fliege herein in dein Zimmer und lande genau auf dir, auf deinem Rücken und nehme von dir Besitz."

Ich sprach es und machte es. Jetzt lag ich neben ihr, ganz eng an sie gedrückt, einen Arm quer über ihren Rücken und flüsterte in ihr Ohr:

„Jetzt beiße ich dich, und sauge dein unschuldiges Blut in mich hinein."

Ich knabberte etwas an ihrem Hals und murmelte:

„Ich bin aber ein echter Vampir, kein halber. Ich habe keine Gefühle aber du gehörst jetzt für immer mir, für die nächsten Millionen Jahre, nein, für die Ewigkeit."

Dann küsste ich sie feucht auf den Hals, ohne einen Knutschfleck zu machen. Isabel drehte sich auf den Rücken, sah zu mir hoch und hauchte:

„Jetzt gehör ich dir, du Vampir und werde dir beweisen, dass du auch Gefühle hast, denn du hast soeben das Dornröschen aus dem Zauberschlaf wachgeküsst und sie hat auch Magie und kann dein Vampirleben beenden, so dass du wieder Mensch wirst."

Sie sprach es und küsste mich auf den Mund. Es artete in eine leidenschaftliche Küsserei aus und da ich so eng an ihrem Körper lag, spürte sie, wie sich meine Gefühle in meiner Badehose verfestigten. Um sicher zu gehen, griff sie mit der Hand zwischen meine Beine, unterbrach kurz das Küssen und nuschelte, noch immer an meinem Mund hängend:

„Du kannst mir nichts vormachen, du bist kein Vampir mehr, ich habe dich verzaubert und dir wieder das Leben eingehaucht und du hast wieder Gefühle."

Beim Wort Gefühle griff sie mit ihrer Hand so fest sie konnte meinen Schwanz, der sich schon kräftig unter dem dünnen Stoff der Badehose abzeichnete. Und drückte zu.

„Ahh", entfuhr es mir und ich rutschte auf meinen Bauch, damit sie nicht mehr dran käme und nicht alle am Badesee sehen konnten, wie geil ich war.

„Ha, ha", lachte sie, „ich glaube, wir müssen jetzt ins Wasser, damit deine sogenannten Gefühle eine Art kalte Dusche bekommen. Auf, komm!"

Wir sprangen auf und lachend rannten wir ins Wasser, bis es uns zur Brust reichte, dann fielen wir uns um den Hals und küssten uns. Unter der Wasseroberfläche fummelten wir an unseren Gefühlsstellen, so dass von Abkühlung im Wasser keine Rede mehr sein konnte. Sie holte sogar meinen Schwanz aus der Badehose und begann kräftig zu wichsen und ich bohrte meinen Finger seitlich am Badeanzug vorbei, in ihre Möse.

Es war so geil, dass ich beim Küssen flüsterte:

„Bitte nicht aufhören, dein Vampir war noch nie so heiß in kaltem Wasser."

Da wichste sie mich weiter und ließ sich von mir die Muschi streicheln. Sie zog mich an meinem Schwanz tiefer ins Wasser, weiter weg von den anderen Badegästen und sie knetete und quetschte und wichste meinen Schwanz, bis mein Orgasmus mich überwältigte. Meine Beine knickten weg und ich ging unter und ertrank fast.

Prustend kam ich wieder hoch, spuckte Wasser aus dem Mund. Sie lachte laut und ich strahlte sie glücklich an. Ich küsste sie wieder auf den Mund und griff ihr wieder in den Schritt ihres Einteilers. Aber sie wehrte mich ab, stoppte das Küssen und sagte:

„Nein, nicht hier, mein Ex-Vampir. Lass uns zu mir nach Hause fahren, ich möchte es lieber im Bett machen als im Wasser."

Das Abenteuer im Bett

Sie fuhr mit ihrem Auto vor, ich mit meinem hinter ihr her, zu ihrer Wohnung. Sie wohnte im dritten Stock eines Mietshauses. Sie ging vor mir die Treppen hinauf. Ich sah den ganzen Treppenweg ihre schönen Beine unter dem Minirock, der ihren Knackarsch nur knapp bedeckte.

Ich freute mich auf das nächste Sexabenteuer mit Isabel, ein schneller Jagderfolg dank meiner Vampirgeschichte, die mir spontan eingefallen war, nur weil sie zufällig ein Vampirbuch gelesen hatte. Es war ganz einfach für mich, dieses Rollenspiel überzeugend zu spielen, denn Vampire sind gefühlstot wie Machos, also wie ich.

Softies werden durch Liebesentzug zu Machos, aber Frauen können Machos weder mit Küssen noch mit Sex wieder zum Softie machen.

Das wusste Isabel aber nicht.

In der Wohnung angekommen, zeigte mir Isabel erst mal kurz Küche, Bad, Schlafzimmer, dann schaltete sie die Musik-Anlage ein und verschwand kurz ins Bad und rief mir von dort lachend zu:

„Du kannst schon mal ins Bett gehen, ich komm gleich zu dir!"

Wie ich es gewohnt bin, packte ich zuerst meine Hosentaschen aus, legte Autoschlüssel, Geldbeutel, Kaugummis, Feuerzeug und Zigaretten auf den Wohnzimmertisch, neben ihre Handtasche. Dann zog ich die Schuhe aus. Das Hemd, die Hose und die Unterhose legte ich auf den Wohnzimmersessel und begab mich nackt in ihr Schlafzimmer, zog die dünne Sommerbettdecke vom Bett und legte sie sauber auf einem Stühlchen ab. Dann legte ich mich rücklings aufs Laken und erwartete Isabel nackt, wie die Natur mich geschaffen hatte.

Es dauerte nicht lange, da kam sie, nur in ein gro-ßes, weißes Badetuch gehüllt, zu mir ins Schlaf-zimmer.

Aber anstatt das Badetuch langsam und in Zeitlupe zu öffnen, damit ich einen schönen Augengenuss und optisches Vorspiel hätte, stürzte sie sich auf mich, das Badetuch festhaltend.

Isabel küsste mich stürmisch und packte mir ungestüm und wild an die Hoden und den Schwanz und wichste meinen Schwanz hoch. Ich war auch gleich wieder geil, obwohl mich das Badetuch zwischen ihr und mir störte, denn ich fühlte ja nicht mal ihre nackte Haut auf meiner.

Kaum merkte Isabel, dass mein Schwanz die erforderliche Festigkeit fürs Eindringen in ihre Muschi hatte, rutschte sie von mir runter, begab sich auf alle Viere in die Hündchen-Position und stöhnte: „Nimm mich von hinten!"

Okay, ihr Wunsch war mir Befehl und ich stieß sie von hinten. Mich störte ein bisschen, dass ich ihren Busen, der sich doch so schön unter ihrem Sommerkleidchen und dem einteiligen Badeanzug abgezeichnet hatte, noch immer nicht gesehen hatte. Ich bin doch Busenfetischist!

Ich wechselte also die Position, indem ich sie aus der Doggystyle Position umwarf und quasi in die Missionarsstellung auf den Rücken zwang.

Kaum lag sie unter mir, hatte ich keine Möglichkeit, auf ihren Busen zu sehen, denn sie umarmte sofort meinen Hals und zog meinen Kopf runter zu sich, so dass mein Kopf neben ihrem an ihrem Hals lag und sie klammerte mich fest, als ob sie mich im Schwitzkasten hielte.

Ich wollte mich mit den Armen hoch stützen um Abstand zu gewinnen, aber sie klammerte so fest, dass ich nicht fei kam.

Gleichzeitig hatten ihre Beine sich um meine Hüften gelegt und sich über meinem Hintern verhakt, so dass ich mich nicht frei rein und raus bewegen konnte, sondern von ihren Beinen fest an ihren Unterleib gedrückt wurde. Ich hatte keine Chance, den Rhythmus zu bestimmen oder sie in irgend eine andere Stellung zu führen. Sie ließ es einfach nicht zu.

Ich jammerte: „Reiter!" aber Isabel reagierte nicht, sondern stöhnte und rief „Ja, weiter!"

Ich sagte: „Ja, weiter, aber du oben! Ich unten!"

„Nein, ich kann nur kommen, wenn ich unten liege und der Mann über mir ist. Mach weiter, nimm mich, ja, weiter, ja!"

Ich kam also nicht aus der Missionarsstellung und sah dabei höchstens ihr Gesicht, aber nicht ihren Körper. Sie ließ es durch ihre enge Umklammerung einfach nicht zu, dass ich in eine bequemere Liege-stütze wechseln konnte, wo ich mit etwas Abstand den ganzen Körper sehen konnte, in den ich ein-drang.

„Zeig mir deine Gefühle, komm in mir, mein Vam-pir!", befahl sie mir und ich stieß sie heftiger und schneller und drang tiefer in sie hinein.

Isabel stöhnte dabei unheimlich laut und schrie Worte wie: „Tiefer, ja, fester, jah, schneller, jah," und mir war sofort klar, dass ihr Gestöhne geschauspielert war. Dann bekam sie einen Orgasmus.

Sie schrie: „Ich komme! Ich komme!"

Ihr Höhepunkt war toll gespielt. Ich ließ mich aber nicht täuschen und gönnte ihr keine Ruhe und als ihr gespieltes Orgasmus-Gestöhne nachließ, da stieß ich noch immer kräftig und ausdauernd in sie hinein, so wie sie es vor ihrem gespielten Orgasmus gefordert hatte: Tiefer, fester, schneller.

Jetzt forderte sie mich auf, dass ich kommen solle: „Ja, komm, mein Vampir, komm in mir, ja, komm, komm, gib mir deinen Saft, komm, ja, komm, komm!" Voll Pornosound.

Ich musste aufpassen, dass mich diese Schauspielerei und die erzwungene Position nicht ungeil machte und sah in ihr wunderschönes Gesicht und stellte mir dabei vor, sie stände im Sommerkleid vor mir an der Theke der Disco, wo wir uns kennen gelernt hatten. Geil.

Ich hämmerte weiter und stöhnte: „Nein, erst kommst du!", und kaum hatte ich es gesagt, spielte sie mir ihren zweiten Orgasmus vor: „Ja, ja, das ist gut, oh, ohhh, jahh, ich komme, ich komme, ahhh!"

Ich stellte mir vor, dass sie im Sommerkleidchen ihren Orgasmus hätte und obwohl der Orgasmus gespielt war, gelang es meiner Fantasie, mich selbst zu täuschen und ich sah in ihr schönes Gesicht, auf ihren Mund, der diese Ja und Oh Laute stöhnte und spürte, wie sich mein Orgasmus näherte.

Da fiel mir ein, dass ich zwischen ihren langen Beinen gefangen war und wenn es mir nicht gelingen würde, aus dieser Beinschere zu entkommen, würde ich in sie hineinspritzen, dabei war ja gar nicht geklärt ob sie die Pille nahm oder nicht.

Ich war kurz vorm Abspritzen und kämpfte mich nun mit aller Gewalt aus ihrer Umklammerung heraus. Kaum hatte ich meinen Schwanz aus ihrer Muschi gezogen, ergriff ich meinen Penis und wichste ihr meine Sperma-Ejakulationen über den nun vor mir liegenden Körper. Meine Säfte klatschten auf ihren runzeligen Bauch und spritzten bis an ihre Brüste, die zwar groß, aber schlaff waren und links und rechts an ihrem Körper zur Seite rutschten. Es war kein besonders schöner Anblick, aber wenn ein Mann spritzt, dann spritzt er.

Kaum war mein Orgasmus vorüber, ließ ich mich neben sie fallen und Isabel hüllte ihren mit Sperma verschmierten Körper sofort wieder in das Badetuch und kuschelte sich an mich. Sie ließ mir Zeit, wieder zu Atem zu kommen und dann fragte sie mich:

„War es für dich auch so schön wie für mich?"

In meinen Gedanken antwortete ich ‚nein für mich war es schöner, denn mein Orgasmus war echt, deiner nur gespielt', aber laut sagte ich:

„Es war herrlich! Und jetzt brauch ich die Zigarette danach."

Die Zigarette danach

Isabel bat mich: „Bringst du mir meine Zigaretten mit? Sie sind in meiner Handtasche auf dem Wohnzimmertisch, da müsste auch ein Aschenbecher stehen."

Ich ging zum Wohnzimmertisch, zündete zwei Zigaretten an, eine für sie und eine für mich, nahm den Aschenbecher und kehrte zurück zu ihr ins Bett. Da lagen wir nun wortlos nebeneinander und rauchten. Ich nackt, sie ins Tuch gehüllt wie in einem keuschen, amerikanischen Spielfilm.

„Du bist verdammt gut im Bett.", sagte sie nach einer Weile.

„Du auch", log ich. Dann schwiegen wir wieder.

Da lag ich nun also neben Isabel und rauchte und dachte: Der Sex mit ihr war der schlechteste gewesen, den ich je gehabt hatte. Mit ihrem schlaffen, von einem Baby ausgesaugten Busen und den runzeligen Schwangerschaftsstreifen auf ihrem Bauch hätte ich vielleicht leben können, weil sie ansonsten ja wunderhübsch war. Aber ihre Art, stets ihren Körper zu verstecken, mich rumzukommandieren, keine anderen Stellungen zuzulassen, und zu meinen, sie könne mir zwei Orgasmen vorspielen ohne dass ich es merkte, war absolut unakzeptabel.

Ich nahm mir vor, statt mich wieder mit ihr zu verabreden, beim nächsten Telefonat Schluss mit dieser eben begonnenen Beziehung zu machen.

Nachdem wir die Zigaretten geraucht hatten und der Aschenbecher mit den ausgedrückten Kippen wieder auf dem Nachttisch neben dem Bett stand, stützte sie sich plötzlich auf, sah mir in die Augen und fragte mich:

„War ich nur eine schnelle Nummer für dich oder war das nun der Anfang einer festen Beziehung?"

Mit so einer Frage hatte ich nicht gerechnet. Was sollte ich darauf antworten. Das, was ich vorher gedacht hatte? Ich konnte ihr unmöglich die Wahrheit sagen. Ich schwieg kurz und dachte nach.

Dann wollte ich ihr sagen: Eine Beziehung muss sich entwickeln, dann wird man sehen, ob sie dauerhaft hält. Aber ich hatte zu lange nicht auf ihre Frage geantwortet.

Plötzlich sprang Isabel aus dem Bett und schrie mich laut an:

„Raus aus meinem Bett, raus aus meiner Wohnung!"

„Was ist denn los, Isabel?", fragte ich erschrocken.

„Keine Antwort ist auch eine Antwort. Ich hab schon verstanden! Jetzt scher dich sofort raus hier!"

„Aber Isabel", stammelte ich, „lass uns doch reden."

Statt etwas zu sagen, drehte sie sich wütend um, ging ins Wohnzimmer zum Sessel, ließ endlich mal ihr Badetuch fallen, weil sie ihre Hände brauchte:

Ende mit Schrecken

Sie griff sich meine Klamotten und schmiss sie durch die offene Schlafzimmertür in meine Richtung. Meine Hose landete auf dem Bett, mein Hemd, meine Unterhose.

Ich saß immer noch wie im Schockzustand aufrecht im Bett und starrte sie an.

„Raus, hab ich gesagt! Zieh dich an und verschwinde!", brüllte sie und um es zu unterstreichen, griff sie nach meinen Utensilien und begann mich mit diesen zu bewerfen. Das Feuerzeug flog auf mich zu und knallte hinter mir an die Zimmerwand, die Zigarettenschachtel landete auf dem Bett.

„Zieh dich an und verschwinde! Wie oft soll ich es noch sagen!", schrie sie hysterisch.

Ich sprang aus dem Bett und griff meine auf dem Bett verstreuten Klamotten und zog hastig Unterhose und Hose an. Da flog mir mein Geldbeutel an den Kopf. Ich hob ihn auf und steckte ihn in die Hosentasche. Ich streifte mir gerade das Hemd über, da knallte die Kaugummipackung an meine Brust.

Zeit zum Zuknöpfen des Hemdes ließ sie mir nicht.

„Deine Schuhe sind noch hier, auf, auf, mach schneller!" schrie Isabel und trat zur Seite, weil ich ja jetzt aus dem Schlafzimmer kommen würde.

Ich schlüpfte in meine Schuhe und wollte etwas sagen, da stand sie schon an der Wohnungstür, öffnete sie und schrie: „Klappe und raus!"

Ich flüchtete durch die Tür und Isabel knallte sie hinter mir zu.

Benommen ging ich die Treppen hinunter, durch die Haustür, zu meinem Auto. Dort angekommen, griff ich in meine Hosentasche, aber der Auto-schlüssel war nicht da wo er immer war. Ich griff in meine andere Hosentasche und da war er auch nicht.

Verdammt, der war noch oben, in Isabels Woh-nung.

Zurück zur Haustüre. Ich musste klingeln und wegen dem Autoschlüssel fragen. Mist. Welche Klingel? Ich wusste ihren Nachnamen nicht. Ich erinnerte mich. Sie wohnte im dritten Stock, dem obersten. Zwei Wohnungen im dritten Stock. Es waren je zwei Klingelknöpfe in einer Reihe. Es konnte nur der eine oder der andere von den beiden oberen Klingelknöpfen sein. Ich drückte beide Klingelknöpfe. Keine Antwort. Weder Türsummer noch Sprechanlage. Ich klingelte noch mal. Keine Reaktion. Ich klingelte Sturm und immer wieder.

Nach einer scheinbaren Ewigkeit von mindestens 3 Minuten Sturmklingeln endlich Isabels wütende, laute Stimme: „Was willst du noch?" schrie es durch die Sprechanlage.

„Meinen Autoschlüssel! Der muss noch oben sein! Ich brauch meinen Autoschlüssel!", schrie ich zurück.

„Moment, ich seh' nach.", antwortete Isabel.

Der Türsummer ertönte, ich konnte wieder rein.

Ich wollte gerade wieder die Treppen hochgehen, da tauchte Isabel oben auf und rief:

„Nicht hochkommen! Da hast du deinen Schlüssel!", und warf ihn quer durchs Treppenhaus die drei Stockwerke herunter.

Der Schlüssel schepperte neben mir auf dem Boden. Ich hob ihn auf, und sah hoch zu Isabel. Sie hatte gesehen, dass ich ihn aufgehoben hatte, der Fall war für sie endgültig erledigt.

„Jetzt hau ab!"

Sie drehte sich um und verschwand wieder.

Im Auto sitzend knöpfte ich mir erst mal mein Hemd zu. Jetzt brauchte ich eine Zigarette zur Beruhigung, die wollte ich mir anzünden und losfahren.

Aber die Zigaretten lagen noch oben, auf dem Bett, sie hatte mich damit beworfen, erinnerte ich mich. Ich startete den Wagen und fuhr los.

Der Kick nach dem Kickout

Ich war noch nie in dieser Gegend gewesen, hatte eigentlich keine Ahnung wo ich war. Da sah ich eine Kneipe.

Es war Sonntag, Nachmittag, die Sonne schien, es gab genügend Parkplätze. Ich parkte direkt vor der Kneipe und trat ein. Es war eine schummrige altmodische kleine Kneipe, zwei alte Herren saßen am Tresen und unterhielten sich miteinander.

Ich setzte mich ans andere Tresen-Ende und als eine Bedienung hinter der Theke vor mir auftauchte und „Hallo" sagte, da bestellte ich:

„Ein kaltes Bier bitte und Kleingeld für Zigaretten."

Sie brachte sofort das Kleingeld, begann das Bier zu zapfen. Ich holte mir neue Zigaretten, bat um Feuer und inhalierte den Rauch tief in mich hinein. Dann kam das kalte Bier und ich leerte das halbe Glas in einem Zug. Genüsslich rauchte ich meine Zigarette und ließ diesen Rauswurf auf mich wirken.

Mein Adrenalin sank wieder auf den Normalpegel und ich genoss das Gefühl. Es war herrlich. Einzelheiten des Erlebten kamen mir in den Sinn. Ich musste grinsen und fühlte mich wohl dabei.

Es war zu Ende, ich war beschimpft und rausgeworfen worden. Ein Spruch fiel mir ein: Lieber ein Ende mit Schrecken als ein Schrecken ohne Ende.

Aber ich hatte keinen Liebeskummer. Im Gegenteil: Ich war glücklich, dieses Abenteuer gehabt zu haben. So etwas Aufregendes wie mit Isabel, insbesondere diesen Rausschmiss, hatte ich noch nie erlebt. So etwas habe ich auch später nie mehr erlebt. Es war etwas Einmaliges. Der Höhepunkt der Gefühle, war nicht der Orgasmus, sondern der Kick durch den Kickout. Mit diesem Abenteuer schenkte Isabel mir ein absolut unvergessliches Lebensereignis.

Liebe endet mit Liebeskummer,

Sex endet mit Orgasmus.

Die Lust auf Abenteuer endet nie.

Freiheit heißt Abenteuer

Was Siggi Selector durch seine Storys vermittelt: Genuss, durch die ganze Welt fliegen zu dürfen.

Als Single kann man mehr emotional aufwühlende Abenteuer erleben als in einer harmonischen Partnerschaft. In einer festen Beziehung wird es schnell langweilig.

Obwohl der Sex mit einer festen Freundin bestimmt besser ist, als mit einer Unbekannten wie Isabel oder einer Hure, entschädigt der anfänglich gute Sex nicht für das Fehlen von Abwechslung und der Spannung, dass man nie weiß, was man mit der nächsten Frau erleben wird. Deshalb wird eine feste Freundin irgendwann langweilig, egal wie viele verschiedene Stellungen an verschiedenen Orten man mit ihr praktizieren mag.

Die vielen Ehescheidungen sind auch ein Beweis.

Treue beendet Freiheit und Abenteuer, mehr Abenteuer erlebt man in Freiheit.

Siggis Leben ist aufregend und adrenalinhaltig.
Es gibt noch mehr Storys und Bücher von ihm.

Hasenjagd im Singlemarkt

Sex oder Salsa

Lustlauf durchs Laufhaus

Die Schöne war das Biest

Spiel mit der Sklavin

Weitere sind in Arbeit

Kontaktaufnahme, Leserbriefe:
Siggi Selector ist bei Facebook und Twitter